www.tredition.de

P. G. Groeger

Du bist tot...!

Drei mörderische Kurzgeschichten

© 2016 P. G. Groeger
Umschlag, Illustration: Jörg Peterskofsky

Verlag: tredition GmbH, Hamburg

ISBN
Paperback: 978-3-7345-0873-8
Hardcover: 978-3-7345-0874-5
e-Book: 978-3-7345-0875-2

Printed in Germany

Inhalt

Drei mörderische Kurzgeschichten

❖ **DU bist tot oder Rote High-Heels!**

❖ **DU bist tot oder Die letzte Gans!**

❖ **DU bist tot oder Insalata Mortale!**

DU bist tot oder Rote High-Heels!

P. G. Groeger

Die Personen

Maggie Barrisford – eine Krimiautorin, der die Inspiration fehlte

Stephen Barrisford – ihr Ehemann, ein Schätzchen seiner Gattung

Lionel Hammersmith – ihr Verleger und eine Seele von Mensch

Mister Churchill – 6,2 kg geballte Katzenkraft

1

Seufzend schaute Maggie von ihrem Laptop auf. Seit Stunden grübelte sie darüber nach, wie es nun weitergehen sollte, mit der Handlung ihres neuen Kriminalromans.

Ihr Verleger hatte auf den reißerischen Titel: „Du bist tot" bestanden, aber bisher wusste sie immer noch nicht wer wen wann und wo um die Ecke bringen sollte. Irgendwo hatten sich ihre Protagonisten total verfahren und als morduntauglich heraus gestellt.

Langsam erhob sie sich von ihrem Schreibtisch und machte sich auf den Weg in die Küche. Eine starke Tasse Tee war jetzt genau das Richtige.

Während Maggie darauf wartete, dass das Teewasser kochte, hörte sie die Klappe an der Haustür. Die Post war da. Mit der Tasse in der Hand machte sie sich auf den Weg zur Tür. Die Zeitung und ein großer, brauner Umschlag lagen auf dem Boden unter dem Postschlitz.

Während sie sich bückte um die Post aufzuheben, sah sie ihn aus den Augenwinkeln kommen.

Mit einem Satz schlidderte Mr. Churchill direkt auf den Poststapel und sah sie aus seinen smaragdgrünen Augen triumphierend an. Erster, dachte er und grinste innerlich sein Frauchen an.

Maggie setzte eine böse Miene auf, obwohl sie fast platzte vor Lachen.

Da lagen nun 6,2 kg geballte Fellmuskelmasse auf der Post und machten es sich gemütlich. „Mr. Churchill, bitte erhebe Deinen Hintern von meiner Post" sagte Maggie mit strenger Stimme. Doch der dachte gar nicht daran. Schnurrend schaute er Maggie mit großen, grünen Smaragd-Augen an.

„Okay, Du hast gewonnen" seufzte Maggie und erhob sich. Also zuerst Frühstück für den Herrn des Hauses. Auf dem Weg zur Küche nippte Maggie an ihrer Tasse und verzog das Gesicht. Heißes Wasser. Wieder mal den Teebeutel vergessen.

Nachdem sie Mr. Churchill mit Fressen und sich selbst mit einer neuen Tasse Tee – mit Beutel - und einigen Keksen versorgt hatte, holte sie die Post und machte es sich an ihrem Schreibtisch erst mal mit der Zeitung gemütlich.

Mr. Churchill gesellte sich mit einem zufriedenen Schnurren zu ihr und brachte sich auf dem Schreibtisch in Position.

Maggie sah lächelnd von ihrer Zeitung auf und schaute ihm kurz zu, wie er sich genüsslich seiner Morgenwäsche widmete.

Der große, braune Umschlag blieb unbeachtet auf dem Schreibtisch liegen.

2

In dem kleinen Arbeitszimmer, das gleichzeitig auch als Wohnraum diente, waren nur das Rascheln der Zeitung und das Knistern des Kamins zu hören, als ein lautes „Du bist tot" die Idylle plötzlich unterbrach.

Erschrocken fuhr Maggie auf, ließ die Zeitung fallen und stieß beim Aufspringen von ihrem Stuhl den Inhalt ihrer Teetasse direkt auf die Tastatur ihres Laptops.

Einen Augenblick völlig konsterniert was nun zuerst zu tun sei, packte sie den Laptop und stellte ihn, im Vorbeilaufen zur Tür, hochkant vor dem Kamin ab. Hier würde er vielleicht ohne Schaden trocknen, dachte sie.

Völlig aufgelöst rannte sie in die Richtung aus der vor einigen Minuten der Schrei kam.

Im Bad stand Stephen, ihr wundervoller Ehemann, und schaute sie mit wutverzerrtem Gesicht an.

„Wo ist er?" schrie er sie an, „Er ist tot, wenn ich ihn erwische!". Maggie schaute sich um und konnte nichts entdecken, worüber Stephen sich so aufregte.

„Was ist denn passiert? Und wer ist tot?" frage Maggie völlig verwirrt.

„Du weißt ganz genau wen ich meine, dieses Katzenmonster, ich bringe ihn um" grollte Stephen. Aber was hat er denn getan, fragte Maggie völlig fassungslos zu ihrem aufgeregten Mann. „Sieh dir an, was er sich dieses Mal geleistet hat."

Stephen hielt ihr seine nagelneuen, handgenähten Schuhe unter die Nase.

Dazu muss gesagt werden, dass Stephen sehr pingelig mit seiner Garderobe ist und allergrößten Wert auf Eleganz und Aussehen legt.

„Oh, was ist das denn?" fragte Maggie. „Das meine Liebe, das solltest du dieses verfluchte Fellbündel fragen." tobte Stephen weiter. Maggie nahm die Schuhe und schaute sie sich genauer an.

Upps, da hat es Mr. Churchill aber wirklich ein wenig zu weit getrieben, dachte sie.

„Nun, ich denke, Mr. Churchill wollte dir damit nur seine Zuneigung beweisen" schmeichelte Maggie ihrem immer noch sehr rotgesichtigen Mann. „Er hat dir in jeden Schuh eine Maus gelegt. Ich bekomme immer nur eine."

„Die Schuhe sind ruiniert, nagelneue Burberrys, 1000 Pfund haben die mich gekostet. Und ich habe drei

Monate darauf warten müssen." quengelte Stephen weiter.

„Schatz, fahr doch nachher in die Stadt und lass Dir ein Paar neue machen, ich denke die können wir uns leisten, die Vorab-Tantiemen für den neuen Roman liegen seit gestern im Safe." sagte Maggie versöhnlich zu ihrem Mann und dachte dabei – warum hasst dieser Kater ihn nur so?

Seit dem ersten Tag, seitdem Stephen bei uns eingezogen ist, lässt er keine Chance aus, ihn zur Weißglut zu treiben.

Seine erste Untat, er hatte aus Stephens Rasierpinsel fein säuberlich alle Borsten rausgezupft, weiß der Teufel wie er das geschafft hat.

Auch hatte jeder, von Stephens italienischen Maßanzügen, mittlerweile mindestens ein zerkratztes Hosenbein.

Ganz zu schweigen von diesen schweineteuren Hemden, an allen Manschetten hat Mr. Churchill die Knöpfe abgekaut.

Und gestern erst hatte dieser Superkater Stephens Kaschmirpullover-Designer-Unikat als seine persönliche Schlaf- und Kuscheldecke erkoren und ihn mit seinen Haaren wohl völlig ruiniert, obwohl das weiß war eigentlich langweilig, so schwarz-weiß gemustert gefällt er mir persönlich viel besser.

Na ja und Stephens Parfum mochte ich auch nicht wirklich, und er ist ja auch selbst dran schuld, wenn er die Flasche nicht richtig verschließt und direkt über dem Katzenklo auf die Ablage stellt, oder?

3

Stephen und Maggie waren sich vor sechs Jahren auf einer ihrer Roman-Lesungen begegnet und hatten nach nur acht stürmischen Monaten des Kennenlernens geheiratet.

Obwohl Stephen, mit seinen neununddreißig Jahren, sechzehn Jahre jünger als Maggie ist, ergänzen beide sich perfekt.

Wo Maggie mit ihrer sehr spontanen Art das Leben nur von der schönen Seite sehen möchte und in jedem Menschen nur an das Gute glaubt, holt Stephen sie von ihrer Wolke und bringt sie auf den Boden der Tatsachen zurück.

Maggie, die glaubt, mit beiden Beinen fest im Leben zu stehen, hatte vor Stephen schon einige, lockere Männerbekanntschaften und nicht mehr daran geglaubt und darüber nachgedacht, jemals dem Mann zu begegnen, der mit ihr das alltägliche Leben meistern könnte.

Außerdem hatte sie ja Mr. Churchill. Aber wie das nun mal so ist im Leben, erstens kommt es anders und zweitens als man denkt.

4

Vor Stephen kleidete sich Maggie eher lässig und unspektakulär, da sie glaubte, ihre sehr frauliche Figur immer verstecken zu müssen.

Bis auf ihre Füße, diese schmückt Maggie mit den abenteuerlichsten Kreationen der Schuhmode. So finden sich in ihrem Schuhschrank nicht weniger als fünfundsechzig Paar Schuhe und darunter dreizehn Paar in allen Rottönen.

Ihr absolutes Heiligtum aber sind ein Paar 15 cm hohe rote Lack-High-Heels, an die sich selbst Mr. Churchill bisher nicht zu schaffen gemacht hatte.

Maggie hatte sie während eines Frustshopping-Trips in der Stadt gesehen und sich sofort verliebt. Alle Versuche der Verkäuferin sie umzustimmen, dass diese Schuhe viel zu extravagant für sie seien, hielten Maggie nicht davon ab, die mussten es sein und sie kaufte sie.

Wie gesagt, Maggie bevorzugte Schlabberhosen und noch schlabberige Pullis und Blusen. Und auch sonst war Maggies Äußeres völlig durchschnittlich. Ihr strohblondes, raspelkurzes Haar – welches sie meist selbst mit der Nagelschere in Form hielt und färbte - verbarg sie unter Mützen oder Hüten und ihre Brille sah aus wie ein Relikt aus den Fünfzigern.

Maggie kaufte also diese roten Wunderschuhe und beschloss, sie am Abend ihrer Lesung im Harriot-Hotel zu tragen.

Und irgendwie, nachdem sie als stolze Besitzerin, die roten Lackschuhe in einer Tüte, das Schuhgeschäft verließ, war da dieses dringende Bedürfnis nach einem passenden Outfit zu diesen roten Schuhen.

Maggie packte ihren ganzen Mut zusammen und betrat hocherhobenen Kopfes die nächstgelegene Boutique, in der sie eine perfekt gestylte junge Frau mit Modelmaßen ansah, als käme sie von einem anderen Stern.

Bevor diese jedoch etwas sagen konnte, platze Maggie nur heraus: „Ich brauch ein Kleid, hier sind die Schuhe dazu."

Als Maggie nach knapp drei Stunden das Ladengeschäft verließ, war sie zwar um 680 Pfund leichter, aber mit einer neuen Tüte bewaffnet, in der sich das für Maggies Geschmack wohl gewagteste Kleid befand, das sie je gesehen hatte beziehungsweise besessen hatte.

Außerdem war sie ihre Brille los und trug Kontaktlinsen, die ihr zwar noch die Tränen in die Augen trieben, aber ihr Lächeln ließ die vorübergehenden Passanten denken, dass es sich um Freudentränen handele. Was sie in gewisser Weise wohl auch waren.

5

Stephen Barrisford, ein ehemaliger Bankangestellter, immer modisch gekleidet, saß zufällig am Abend dieser besagten Lesung an der Hotelbar des Harriot-Hotels und genehmigte sich einen Drink.

Lächelnd bemerkte er die verstohlenen Blicke der anwesenden Damen. Stephen war nicht wirklich eitel, er wusste aber, dass er mit seinen 1,85 cm, den dunklen, vollen Haaren – die von einem Londoner Starfriseur betreut wurden - und seinen strahlenden, grünen Augen nicht unattraktiv auf die Damenwelt wirkte.

Was er als Junggeselle auch von Zeit zu Zeit genoss.

Und, bevor eine der Damen ihm zu nahe kommen konnte, verabschiedete er sich auf seine eigene charmante Art, so dass ihm keine seiner Bekanntschaften wirklich böse war und er somit jederzeit auf ein doch gewisses Repertoire an Vergnügungen zurückgreifen konnte.

Seit einigen Tagen aber war seine bisher wunderbare, perfekte Welt aus den Fugen geraten.

Im Rahmen von Umstrukturierungen war er leider unter den Mitarbeiter, welche die Bank verlassen mussten. Sicherlich reichte sein kleines Sparvermögen einige Zeit, aber auf Dauer musste er sich neu orientieren.

Auch hatte sich die derzeitige Dame seines Herzens, als sie dies hörte, sofort und auf Nimmerwiedersehen von ihm verabschiedet.

Da saß er nun, arbeitslos und verlassen, aber mit seinem wirklich unwiderstehlichen Lächeln auf den Lippen und blätterte in seinem kleinen schwarzen

Buch, auf der Suche nach der Telefonnummer einer seiner „Herzensdamen", welche ihm den Abend und die Nacht versüßen sollte.

Er war gerade bei seinem zweiten Drink angekommen und glaubte seinen Augen nicht zu trauen, da schwebte bzw. stolperte sie auf ihn zu, ein Traum in rot und schwarz.

Grosse braune Augen schauten ihn hilfesuchend an und er fühlte, dass er wie in Zeitlupe – diesen Traum in seinen Armen – vom Barhocker rutschte.

Wie ein Maikäfer landete er, neben dem Barhocker, auf dem Rücken, und diese weiche und wunderbar duftende Frau lag direkt auf ihm.

„Darf ich mich vorstellen, Stephen Barrisford, und mit wem habe ich das Vergnügen?" murmelte er in dieses kitzlige, kurze Haargewusel.

Das war die erste Begegnung zwischen Maggie und Stephen, aus der sich in den kommenden Wochen eine leidenschaftliche Affäre entwickelte.

Lange Spaziergänge an der Themse, romantische Essen vor dem Kamin bei ihr zuhause, stundenlange Telefonate, all das ließ den Widerstand gegenüber festen Beziehungen in dem eingefleischten Junggesellen immer mehr schmelzen.

Er war hoffnungslos verliebt, nein, er liebte diese witzige, spontane, unkonventionelle Frau, die sein Leben völlig auf den Kopf gestellt hatte.

Und wie es kommen musste, heirateten sie spontan und ohne großes Tamtam nach nur acht Monaten ihres stürmischen Kennenlernens in einer kleinen Kirche auf dem Land.

Aufgrund Stephens' finanzieller Engpässe, beschlossen sie, dass sie zusammen in Maggies Haus wohnen wollten, bis Stephen einen neuen Job habe und sie sich zusammen ein Haus im Umland Londons kaufen würden. Also zog er bei Maggie und Mr. Churchill in das kleine Haus am Rande Londons ein, was Mr. Churchill, als langjähriger Hausherr, nicht so einfach hinnehmen konnte und auch zeigte.

Aber auch die größte Verliebtheit vergeht und muss dem Alltag ihren Tribut zollen.

Wenn Maggie an ihren Romanen schrieb, dann war sie in einer anderen Welt, und nichts und niemand konnte zu ihr in ihre Fantasiewelt durchdringen.

Stephen fühlte sich ausgeschlossen und langweilte sich mit der Zeit immer mehr. Auch hatte er auf der Suche nach einer neuen Beschäftigung keinen wirklichen Erfolg. Die Firmen, bei denen er sich bisher vorgestellt hatte, ließen sich Zeit mit ihren Rückmeldungen und so kam es, dass ein Blick in das kleine schwarze Buch ihm von Zeit zu Zeit einige Stunden Abwechslung vom Alltag bescherte.

,

6

„Hmm, irgendwie riecht es hier komisch." murmelte Stephen. „Ich war's nicht." kicherte Maggie und kuschelte sich, nach einer sehr leidenschaftlichen „Stephen-Beruhigungs-aktion", an ihren wunderbaren Ehemann.

„Jetzt rieche ich es auch, es riecht wie … so irgendwie nach - verschmort …" mit einem Satz war Maggie aus dem Bett und Stephen hörte nur die Worte: „Kamin … Laptop" und wie Maggie in einem Höllentempo aus dem Schlafzimmer rannte.

Da lag er, oder das was von ihm übrig war – Maggies Laptop – verschmolzen in der Hitze des Kaminfeuers, Plastikdampf verströmend – nicht mehr zu retten.

Auch Stephen hatte mittlerweile den Ort des Geschehens erreicht. „Na ja, trocken ist er wohl" meinte Maggie lakonisch und lehnte sich an Stephen. „Liebling, dann fahren wir gemeinsam in die Stadt, du bekommst einen neuen Laptop und ich ein Paar neue Schuhe. Geld ist ja genug im Haus." meinte Stephen nur und gemeinsam gingen sie in die Küche und Maggie setzte den Wasserkocher in Aktion. Eine Tasse Tee hilft ja bekanntlich in allen Lebenslagen. Eine von Maggies unerschütterlichen Weisheiten.

„Wie weit warst du eigentlich mit deinem Roman? Ist denn viel verloren gegangen?" fragte Stephen. „Nein, nein, irgendwie habe ich eine Blockade, lieg wohl an dem saublöden Titel den Lionel will. ‚Du bist tot' – wer kauft ein Buch mit so einem Titel? Das klingt so nach Billigkrimi und Kommerz."

„Liebling, du kennst doch Lionel, das war bestimmt eine seiner spontanen Eingebungen. Rede mit ihm, Dir kann er doch eh keinen Wunsch abschlagen, und überzeuge ihn davon, dass das mit dem Titel nicht geht."

„Ja, das muss ich wohl, wenn mir etwas Zündendes einfallen soll bis zum Abgabetermin."

Während Maggie mit Lionel telefonierte und ihn versuchte davon zu überzeugen, dass sie dieser Titel absolut nicht inspiriere, schlenderte Stephen ins Wohnzimmer. Auf dem Schreibtisch entdeckte er seinen Konkurrenten, Mister Churchill. Dieser strafte ihn jedoch mit absoluter Missachtung und streckte ihm nur sein prächtiges schwarzes Hinterteil entgegen.

Stephen schnappte sich die Tageszeitung und verkrümelte sich damit in den großen, alten Ohrensessel am Kamin.

Ein leichter Geruch nach verschmortem Plastik lag immer noch im Raum. Während er sich dem Wirtschaftsteil widmete, lauschte er mit einem Ohr, wie

Maggie Lionel zu überzeugen versuchte, einen anderen Titel für das Buch zu finden.

Der sanfte Lionel, schon seit Jahren Maggies Verleger und wohl auch ihr größter Verehrer. Trotz seiner imposanten und der ein wenig furchteinflößenden Erscheinung - Lionel war fast zwei Meter groß, sein Kopf glänzte wie eine Billardkugel und ein wirklich prächtiger Schnauzer zierte sein Gesicht - war Lionel der sanftmütigste Mensch, den Stephen jemals kennen gelernt hatte.

Er pflegte sehr leise und akzentuiert zu sprechen und Hektik oder Stress sind ihm absolut fremd. Lionel war einer dieser Menschen, die seinem Gegenüber stets das Gefühl vermittelten, dass seine momentane Aufmerksamkeit nur ihm allein gehöre. Auch vergaß er nie, selbst nach Jahren nicht, den Inhalt gemeinsamer Gespräche. Fast wortgenau konnte er, selbst nebensächlichste, Passagen wiedergeben.

7

Stephen hörte wie Maggie den Hörer auflegte und ließ, während er sich erhob, die Zeitung neben den Sessel fallen.

Maggie betrat das Zimmer „wollen wir los, Schatz?". „Ja, ich such mir nur ein paar passende Schuhe" erwiderte Stephen und verschwand im Flur.

Während Maggie die Zeitung aufhob und zum Schreibtisch brachte, fiel ihr der große, braune Umschlag ins Auge. Kein Absender. Nur adressiert an: Mrs. M. Barrisford, 15 East Lane, London.

Maggie suchte nach ihrem Brieföffner, ein sehr ausgefallenes Weihnachtsgeschenk von Stephen.

Er hatte einen ihrer roten High-Heels, in Originalgröße, von einem Schmied ausarbeiten lassen; das

Teil war schwer und Maggie nutze ihn meist als Briefbeschwerer oder Buchstütze.

Der 15 cm hohe Absatz erfüllte die Funktion eines Brieföffners und war messerscharf geschliffen und auf Hochglanz poliert.

Eine sehr romantische Idee, wie Maggie seinerzeit fand, denn immerhin waren es diese roten High Heels, die sie in Stephens Arme hatten stolpern lassen.

Da lag er ja, versteckt unter einem Stapel alter Manuskripte und Fanpost.

Langsam öffnete Maggie den Umschlag. Zwei weiße Seiten DIN A4 Foto-Papier rutschten in ihre Hand. Verwundert wendete Maggie die Seiten und glaubte im ersten Moment, ihr müsse das Herz stehen bleiben. Ihr Verstand konnte nicht fassen, was ihre Augen sahen.

„Liebling, hallo, hörst Du mich nicht? Was ist denn los mit Dir?" Langsam wandte Maggie sich um und sah, mit tränenblinden Augen, Stephen im Türrahmen stehen.

Maggie ließ die zwei Fotos auf den Schreibtisch gleiten. „Komm bitte und setz Dich, wir haben Post bekommen."

Stephen trat an den Schreibtisch und setzte sich auf den alten Polsterstuhl davor, wobei er seine Frau verwundert anschaute. „Was gibt es denn, dass ich mich setzen muss?"

Wortlos reichte Maggie ihm die zwei Blatt Papier und drehte sich zum Fenster. Während er abwechselnd auf Maggies Rücken und auf die Fotos starrte.

Plötzlich drehte Maggie sich und schwang ansatzlos den rechten Arm. Der Absatz des Brieföffners versenkte sich bis zum Anschlag in Stephens Hals. Irgendwie hatte sie nicht realisiert, dass ihre Hand noch den Brieföffner fest umklammert festhielt.

Mit einem leisen „Umpf" sackte dieser zusammen, zuckte noch einmal und rührte sich nicht mehr. Stephen Barrisford war tot!

Unbewegt sah Maggie zu, wie Stephen langsam vom Stuhl auf den kleinen Teppich vor dem Schreibtisch rutschte, die zwei Fotos unter sich begrabend.

8

Während Maggie langsam den reglosen Körper umrundete, war sie verwundert, wie wenig Blut doch aus der Wunde sickerte.

Natürlich wusste sie aus den zahlreichen Recherchen für ihre letzten Kriminalromane, dass man die Tatwaffe unter keinen Umständen aus der Wunde entfernen durfte, so lange das Herz noch schlug.

Also ging in die Küche. Eine Tasse Tee wäre jetzt wohl genau das Richtige um wieder einen klaren Kopf zu bekommen.

Während sie den Wasserkocher befüllte und darauf wartete, dass das Wasser kochte, resümierte sie was gerade passiert war.

Da waren diese Fotos, diese zwei Fotos, die ihren Mann Stephen in flagranti mit einer anderen Frau zeigten. Ekelhafte Fotos in Maggies Augen. Unver-zeihlich.

Und sie hatte ihm die 15 cm des Brieföffners bis zum Anschlag in den Hals geschlagen. Im Affekt, das würde sie vor Gericht anführen. Niemand konnte sie doch dafür verurteilen, oder?

9

Maggie nippte an ihrem Tee und schaute aus dem Küchenfenster in den verwilderten Garten hinterm Haus.

Langsam registrierten ihre Augen die alte Ast-Schredder-Maschine, die noch vom Vor-Eigentümer des Hauses stammte. Mitten im Garten, neben dem Unterstand mit dem Kaminholz stand sie – wie sie aussah, wohl schon seit Jahrzehnten.

Dass die Maschine noch funktionierte hatte sich vor einigen Monaten bei einem kurzen Testlauf gezeigt.

Der alte Mr. Willoby, war ganz scharf auf das alte Ding und wollte es unbedingt käuflich erwerben. Er meinte, dass es perfekt wäre für seinen Bruder, der sich mittlerweile in der Wildnis Norwegens nieder-gelassen hatte, und dort mitten im Wald lebte. So eine robuste, alte Maschine würde dort noch einige Jahre ihre guten Dienste tun.

Ein Entschluss reifte in Maggie und entschlossen warf sie sich in die alten Gummistiefel, zog einen verschlissenen Gartenoverall über und streifte dicke Handschuhe über ihre Hände. In dieser Schutzkleidung stand Maggie vor dem toten Stephen. Sie schauderte, aber was getan werden musste, musste getan werden.

Achtsam rollte sie Stephen in den kleinen Teppich ein und verschnürte ihn mit Packkordel. Dann zerrte sie ihn aus der hinteren Küchentür über den Rasen bis zur Schredder-Maschine.

Schweißgebadet bemerkte sie, dass es langsam dämmerte. Nun gut, bei dem was jetzt zu tun war, war es ihr lieber, wenn es nicht mehr gar so hell war.

Im Gartenschuppen holte sie sich eine kleine Axt und die Ast-Säge. Als sie soweit alles vorbereitet hatte, war es bereits dunkel geworden und sie musste nun doch noch die alte Petroleum-Lampe aus dem Schuppen holen und anzünden. Das Ding stank fürchterlich, überdeckte aber den noch unangenehmeren Geruch von Blut und Exkrementen.

Sorgfältig fütterte sie nun die alte Schredder-Maschine abwechselnd mit Holzscheiten des guten Kaminholzes und Stephens Körperteilen. Zwei Teile Holz, ein Teil Stephen.

Sie war überrascht wie schnell das ging und wie wenig Abfall aus der Maschine rauskam, so dass sie ihren nächsten Einfall sofort in die Tat umsetzte.

Kurzerhand entledigte sie sich der Gummistiefel, des Overalls und der Handschuhe. Halbnackt im dunklen Garten im Regen stehend, fütterte sie den Schred-

der weiter abwechselnd mit den guten Kaminholz-
scheiten, den Gummistiefeln, dem Gartenoverall und
den Handschuhen.

Nach einer guten Stunde standen die Abfall-Häcksel
- in zwei großen Bio-Müllsäcken verpackt – or-
dentlich an der Hauswand.

Bereit zur Abholung durch die Biomüll-Abfuhr, die
am kommenden Morgen auch ihr Haus anfahren
würde.

Der beginnende Regen würde über Nacht alle Spuren
im Garten beseitigen.

Den Brieföffner nahm sie mit ins Haus und legte ihn
in eine Schüssel mit Bleiche. Hier sollte er einige Tage
ruhen, bevor er wieder seinen Platz auf dem Schreibtisch bekäme.

Völlig durchgefroren nahm sie eine heiße Dusche und machte sich einen Tee.

Warm eingepackt in ihren alten Frottee-Bademantel, zeigte ihr ein Blick auf die Uhr, dass es erst 21 Uhr war.

Kurzentschlossen rief sie bei Mr. Willoby an und bot ihm die Schredder-Maschine zum Kauf an. Dieser war hocherfreut und sagte noch am nächsten Tag die Abholung zu.

Sie vereinbarten, dass Mr. Willoby die Maschine über den an den Garten angrenzenden Feldweg jederzeit abholen könne, da sie wahrscheinlich unterwegs sei. Über die Bezahlung könne man in den kommenden Tagen reden. Überschwänglich bedankte er sich bei ihr und bemerkte nebenbei, dass die Maschine noch innerhalb der nächsten zwei Tage auf den Weg nach Norwegen käme.

10

Am nächsten Morgen erwachte Maggie mit schmerzenden Muskeln. Aber bei dem was heute zu tun war, konnte sie darauf keine Rücksicht nehmen.

Im Tageslicht des frühen Vormittags ging sie in den Garten, umrundete mit aufmerksamen Blicken die Schredder-Maschine. Nein, da war nichts mehr zu sehen. Der starke Regen der Nacht hatte alle unschönen Überbleibsel weg gewaschen.

Auch beim Blick in die Maschine konnte sie keine Auffälligkeiten entdecken. Es sah aus, wie an den Tagen vor Gestern.

Während sie sich eine Tasse Tee zubereitete, hörte sie die Müllabfuhr und ein kurzer Blick aus dem Fenster zeigte ihr, dass die zwei Säcke weg waren. Sie wusste, dass diese noch am gleichen Tag in der großen Müll-verbrennung landen würden. Nun gab es nur noch eines zu tun.

Bevor sie Stephens Einzelteile schredderte, hatte sie ihm seine Uhr, den Ehering und die Halskette abge-nommen. Doch über deren weiteren Verbleib würde sie später nachdenken.

Zunächst einmal musste sie seine gesamte Beklei-dung, Kosmetika, Hygieneartikel loswerden.

Aufmerksam räumte sie alle Schubladen und Schränke in Bad und Schlafzimmer aus. Dabei schaute sie gewissenhaft auch in die von ihr genutz-ten Schränke um eventuell falsch Einsortiertes nicht zu übersehen.

Als alle Habseligkeiten von Stephen in zwei Koffern und einer großen Reisetasche verstaut waren, schleppte sie diese in die Garage. Da man diese praktischerweise von der Diele des Hauses aus betreten konnte, war sie sicher gegen neugierige Blicke.

Als sie die Gepäckstücke im Kofferraum ihres Wagens verstaut hatte holte sie sich die Straßenkarte und steckte im Hinausgehen noch die drei Schmuckstücke in ihre Manteltasche. Auch hierfür hatte sie mittlerweile eine Lösung.

11

Maggie fuhr Richtung Süden. Auf dem Weg aus der Stadt hielt sie auf dem Parkplatz eines abgelegenen Industriegebietes, wo sie den Inhalt der Reisetasche – in der sie die Hygiene- und Elektroartikel gepackt hatte - in einem der unzähligen Container entsorgte.

Keine Menschenseele war außer ihr hier unterwegs und sie fuhr leicht entspannt weiter.

Die Inhalte der zwei Koffer verteilte sie in diversen Altkleider-Containern, die an den Dorfrändern der kleinen Orte platziert waren, die sie durchfuhr. Auch hier blieb ihr Tun unbemerkt. Keiner der Dorfbewohner nahm Notiz von ihr.

Ein Hoch auf das britische Wetter, das an diesem Tag seinem Namen alle Ehre machte. Der Himmel war grau in grau und aus den tiefhängenden Regenwolken schüttete es ohne Unterlass.

Nun blieben nur noch Stephens Schmuck sowie die leeren zwei Koffer und die Reisetasche.

Mittlerweile hatte Maggie die Küste, genauer, Dover erreicht.

Der Seewind hatte hier die Wolken weg gefegt und die Sonne stand wärmend am Himmel. Langsam schlenderte sie auf einer der Piers entlang und in einem kleinen Café, fand sie einen freien Tisch, der direkt am Geländer oberhalb der See stand.

Hier ließ sie die Armbanduhr, den Ring und die Halskette unauffällig ins Meer fallen. Mögen die Fische sich damit schmücken.

Die zwei Koffer und die Reisetasche hatte sie beim letzten Halt in einem der Dörfchen ineinander gepackt und hatte somit nur noch ein Gepäckstück.

Während sie ihren Tee trank, und dem Treiben auf der Anlegestelle der Fähre zuschaute, wusste sie, wie sie diesen loswerden konnte.

Sie zahlte, nahm den Koffer und schlenderte auf den Pier, wo die Fähren abgingen. Hier herrschte ein buntes Treiben. Menschen aller Nationen wuselten durcheinander und Gepäckberge warteten darauf in die Fähren verladen zu werden.

Maggie stellte den Koffer neben sich und tat als ob sie sich den Schuh binden müsse. Als sie sich erhob, ließ sie den Koffer zwischen den Gepäckstücken einer Reisegruppe einfach stehen.

Niemand bemerkte, dass sie nicht dazu gehörte und der Koffer würde im Bauch der Fähre verschwinden und erst wieder in Frankreich oder Irland oder wo auch immer auftauchen. Dort, hoffte sie, dass man ihn einfach entsorgen würde, wenn sich herausstellte, dass sich niemand dafür interessierte.

12

Es dämmerte bereits, als Maggie ihren Wagen wieder in die Garage fuhr.

Beim Zubereiten eines Tees stellte sie fest, dass Mr. Willoby Wort gehalten hatte. Die Ast-Schredder-Maschine war weg und würde in den Wäldern Norwegens verschwinden.

Nichts im Haus erinnerte mehr an Stephen, nur ihr Hochzeitsfoto stand noch auf dem Kaminsims. Nun, dies sollte dort auch noch eine Weile stehen bleiben, für die Öffentlichkeit sozusagen.

Maggie schnappte sich Mr. Churchill und ging rauf in ihr Schlafzimmer. Eine kurze, heiße Dusche und dann legte sie sich mit ihm im Arm aufs Bett.

Obwohl sie körperlich völlig erschöpft war, wollte sich der Schlaf nicht einstellen. Immer wieder blitzten die Bilder des vergangenen Tages vor ihrem Auge auf.

Nachdem sie sich einige Zeit ruhelos von einer Seite auf die andere gedreht hatte, stand sie auf. Da ihr Laptop noch angeschmort und unbrauchbar im Wohnzimmer lag holte sie die alte Reiseschreibmaschine vom Dachboden und setzte sich an Schreibtisch.

Sie schrieb ohne Unterbrechung bis die Morgensonne sie blendete.

Noch das letzte Wort „ENDE" und sie verstaute den Stapel Papier in einem großen Umschlag. Keine Korrekturen mehr, nur weg damit.

Sie war sicher, dass Lionel von der Umsetzung seines Titelvorschlages – Du Bist Tot – begeistert sein würde.

Aufseufzend griff Maggie nach dem Telefonhörer und rief einen Kurierdienst, von dem sie wusste, dass er den Umschlag innerhalb der nächsten 3 Stunden zustellen würde.

Während sie auf die Abholung wartete, goss sie sich eine Tasse Tee auf und wählte die Nummer von Lionel.

Als sie Lionels warme, leise Stimme hörte, fiel plötzlich alle Anspannung von ihr ab. Leise weinend erzählte sie ihm, dass Stephen sie am Vortag ohne ein Wort oder einen Abschiedsbrief verlassen hätte.

Seine sämtliche Bekleidung, sein Pass, sein Schmuck und 10.000 Pfund aus dem Safe wären nicht mehr da. Außerdem fehlten zwei Koffer und eine Reisetasche.

Sie sei gestern Abend von einer Fahrt in den Süden zurückgekommen, auf die sie sich wegen ihrer Schreibblockade gemacht hatte. Ein wenig frische Seeluft sollte ihren Kopf klären und auf der Heimfahrt seien ihr die ersten Ideen schon entgegen gesprudelt.

Die ganze Nacht habe sie geschrieben und das Manuskript sei nun per Kurier an ihn unterwegs.

Dass Stephen verschwunden sei, ist ihr erst am Morgen bewusst geworden. Aber, er wisse ja, wenn sie am Schreiben sei und ihre Geistesblitze in Text umsetzte, dann nahm sie ihre Außenwelt nicht mehr wahr. Schluchzend erzählte sie Lionel alles was ihr einfiel, warum Stephen sie verlassen haben könnte.

Enervierendes Klingeln weckte Maggie. Stöhnend setzte sie sich auf. Jeder Muskel in ihrem Körper schmerzte, in ihrem Kopf schien ein Presslufthammer hartnäckig zu arbeiten. Und dann das Klingeln, das nicht aufhörte.

Nach dem Telefonat mit Lionel war sie wohl in einen tiefen, fast todesähnlichen Schlaf verfallen.

Als sie so, völlig zerschlagen und neben sich nach dem Hörer griff und ihn Richtung Ohr bewegte, schallte ihr die völlig enthusiastische Stimme von Lionel entgegen.

Er hatte das Manuskript bekommen und wollte sie sofort sehen. „Es ist fantastisch Liebes, das Beste was Du je zu Papier gebracht hast." „Lionel, ich fühle mich nicht wohl. Du hast mich geweckt." „Maggie, Liebes, ich will dieses Buch so schnell wie möglich veröffentlichen. Wir müssen uns treffen und den Vertrag unter Dach und Fach bringen. Wenn es Dir nicht gut geht, ich bin in zwei Stunden bei Dir. Mach Dir keine Umstände, ich weiß wie Du ungeschminkt und im Schlabberlook aussiehst."

Bevor Maggie die Möglichkeit eines Einwands hervorbringen konnte, hatte Lionel schon wieder aufgelegt. Und Maggie wusste aus der Vergangenheit, dass Nichts und Niemand Lionel aufhalten konnte, wenn er so in Fahrt war.

OK, sie hatte noch zwei Stunden um nachzudenken was sie Lionel noch zum Verbleib von Stephen erzählen könnte, wenn er danach fragen würde.

Aber was sollte sie groß erzählen, im Buch stand alles fast genau so, wie es sich abgespielt hatte.

Sicher, sie hatte einiges verändert, was das Alter, Kennenlernen, die Orte und die Protagonisten betraf.

Aber, Lionel war nicht dumm. Eigentlich sollte er darauf kommen, was sich abgespielt hatte und wo Stephen nun war.

Fröstelnd legte sie einige Scheite Kaminholz auf die Überreste der verbrannten Fotos. Auch ein Stück des braunen Umschlags lag noch in der Asche.

Nun, das neue Feuer würde auch diese Beweise vernichten. Maggie entzündete die Holzscheite in den Kamin und bald erfüllte ein leises Knistern den Raum.

Sorgsam machte sich etwas frisch, legte Make-Up auf, zog einen bequemen Hausanzug an und wartete auf Lionel.

Während das Teewasser heiß wurde, nahm sie den Brieföffner aus der Bleiche und hielt ihn einige Zeit unter fließendes Wasser. Schade, die rote Farbe hatte sich durch das Bad in der Bleiche abgelöst. Maggie stellte den „Schuh" zwischen die Bücher im Regal. Hier fiel er kaum auf und es sah aus, als ob er nie woanders gestanden bzw. gesteckt hatte.

Fast auf die Minute genau saß Lionel zwei Stunden später auf dem Sofa vor ihrem Kamin. Mr. Churchill auf seinem Schoß schaute er sie prüfend an. „Liebes, dieser Roman ist das Beste was Du mir bisher geliefert hast. Was hat Dich so plötzlich umgestimmt? Noch vor 24 Stunden hattest Du keinerlei Inspiration zu meinem Titelvorschlag, und nun lieferst Du mir das. Ich bin restlos begeistert und ich sage Dir, damit kommen wir auf die Bestseller Liste dieses Jahr."

Maggie zuckte leicht mit der Schulter und sagte leise: „das muss wohl das plötzliche Verschwinden von Stephen in mir ausgelöst haben." „Stephen, ach ja, Dein unnützer Ehemann. Er hat Dich verlassen und

Du schreibst in einer Nacht einen filmreifen Mord. Fast so, als ob Du live dabei gewesen seist."

Laut lachend schaute Stephen sie an und verstummte beim Blick in ihr Gesicht. „Nein, Maggie, Nein! Ich sage nicht laut was ich gerade denke. Wir werden dieses Buch veröffentlichen. Punkt. Es hat absolut das Potential, dass ein Kinofilm daraus wird. Über das Verschwinden Stephens' geben wir eine kurze Mitteilung an die Presse „... bekannte Schriftstellerin und Ehemann gehen nach sechs Jahren Ehe getrennte Wege ...".

13

Sechs Monate später stand ‚Du bist Tot' in allen Bestsellerlisten auf Platz 1.

Hollywood hatte angefragt und wollte ‚Du bist tot' unbedingt verfilmen. Lionel war völlig aus dem Häuschen und schickte Maggie auf eine Lesereise in die Staaten.

Auf dieser Reise hatte Maggie sich entschlossen und England den Rücken gekehrt. Sie hatte für sich und Mr. Churchill ein entzückendes Haus gekauft. Es hatte einen kleinen Garten und in der hinteren Verandatür war bereits eine ausreichend große Katzenklappe eingebaut.

Das Haus lag in einen kleinen Ort an der Küste von Maine. Das Wetter und die herzlichen Menschen

Neu-Englands erinnerten sie an die Heimat und ließen keinen Wehmut aufkommen.

Außer, dass ihr Lionels spontane Besuche manchmal
fehlten.

Aber sie kommunizierten fast täglich miteinander,
auch, weil sie auf sein Drängen hin, zugesagt hatte,
einen weiteren ‚Du bist tot' Roman zu schreiben. Lionel hatte vorgeschlagen mit diesem Titel eine Serie
zu entwickeln.

ENDE

Überleitung zu Maggies zweiter Geschichte

Zwölf Monate lebte sie nun schon hier. Der kleine Ort an der Küste, nördlich von Boston, war ihre Heimat geworden. An London dachte sie nur selten zurück. Und wenn, dann immer mit einem leichten Schauer.

Laut maunzend strich Mr. Churchill ihr um die Beine und forderte energisch sein Frühstück.

Während der Kaffee durch die Maschine in die Kanne gluckerte, holte Maggie eine Dose Tunfisch-Lachs-Mousse aus dem Schrank und drapierte den Inhalt in Mr. Churchills silbernes Schüsselchen. Gierig, als wäre er dem Hungertod nahe, stürzte sich der stattliche Kater auf sein Fressen verschlang dieses unter lautem Schmatzen.

Lächelnd schaute ihm Maggie dabei zu, schenkte sich eine Tasse Kaffee ein und begab sich mit der Morgenzeitung an den Küchentisch.

Kaffee, noch vor einem Jahr wäre ihr, einer passionierten, englischen Teetrinkerin, niemals eingefallen, den Tag ohne eine Tasse kräftigen Darjeeling zu beginnen. Aber so ist das Leben, neue Heimat, neue Gewohnheiten.

Die Schlagzeile auf dem Titelblatt der Zeitung beschäftigte sich immer noch mit dem Unfall, der sich vor einigen Tagen am Ende des Dorfes ereignet hatte.

In einem alten Cottage hatte sich eine Explosion ereignet und der Bewohner, ein netter, älterer Herr, war in dem Feuer umgekommen. Auch die beiden Haustiere, ein irischer Wolfshund und die Katze hatten das Unglück nicht überlebt. Als vermisst galt weiterhin die Haushälterin, nach der nun im gesamten County Ausschau gehalten wurde. Die Bevölkerung wurde um Mithilfe gebeten.

Und, noch während Maggie den Zeitungsartikel las, formten ihre Gedanken bereits die nächste DU bist tot-Geschichte

....

DU bist tot oder Die letzte Gans!

von P. G. Groeger

Die Personen

John Nettle – Pensionär und verwitwet

Rose Mary – seine verstorbene Frau

Molly – die Hauskatze

Jasper – der Haushund

Mary Rose Stutterton – Schwägerin und Haushaltshilfe

1

Leise seufzend blätterte John Nettle sich durch die Erinnerungen. Ein dickes, schon leicht verschlissenes Fotoalbum auf den Knien, schweiften seine Gedanken immer wieder ab in die Vergangenheit, wobei er zärtlich, mit leicht zitternden Fingern über ein Foto streichelte, das seine geliebte Rose Mary zeigte.

Damals, vor vierzig Jahren, kurz nach ihrer Ankunft in Südafrika. So schön war sie, große blaue Augen, die neugierig, vertrauensvoll und voller Liebe zu ihm aufsahen. Rote, wilde Locken umrahmten das herzförmige Gesicht mit den Lachgrübchen. Gerade mal neunzehn Jahre war sie alt. Und er, hochgewachsen, halblange schwarze Haare und graue Augen mit stolzem Blick. Mit fünfundzwanzig Jahren dabei die Welt zu erobern.

Und das Glück blieb ihnen hold. Noch wacklig auf den Beinen, von der langen Schifffahrt, standen sie am Kai, als hinter ihnen die sonore und kräftige Stimme eines Mannes erklang: „Hallo Madam, Sir, mein Name ist Oliver Stanton. Sie sind wohl gerade aus Irland auf der *„Enterprise"* angelandet. Dachte mir, ich schau mal, ob ich ein paar kräftige Hände finde, die hier ihr Glück suchen und anständige Arbeit nicht scheuen."

Überrascht sahen Rose und John einen stattlichen Herrn vor sich stehen, der sie freundlich lächelnd ansah.

2

Und Oliver Stanton sah aus, wie man sich einen Farmer vorstellt. Groß, kräftig, in verwaschenen Blue Jeans und kariertem Hemd. Das braungebrannte Gesicht mit vielen Lachfalten, leuchtend blaue Augen, wurde gekrönt von einem Stetson in Wagenradgröße unter dem man einige strohblonde Haarsträhnen hervorblitzen sehen konnte. Aber das wirklich hervorstechendste an Oliver Stanton waren seine Stiefel. Cowboystiefel so groß wie Texas.

So kam es, dass sie bei Oliver und seiner Frau Matilda auf der Greenriver Farm ihr Auskommen fanden.

Oliver und Matilda, beide schon in den Endfünfzigern nahmen sich dem jungen Paar an, als ob sie ihre Kinder wären und übergaben ihnen gerne, nach 25 Jahren familiärer und friedlicher Zusammenarbeit, frohen Herzens eine blühende Farm. Zufrieden und wissend, dass sich ihr Lebenswerk in guten Händen befindet, zogen die alten Leutchen zurück in die Staaten. In ihre alte Heimat Texas.

Mit feuchten Augen blätterte sich John durch das Album mit den alten Fotografien. Schöne, aufregende und auch harte Jahre hatten sie dort auf der Farm verbracht. Ein gutes Auskommen und ein glückliches Leben, niemals länger als einen Tag getrennt.

Aber dann, vor fünf Jahren schlug das Schicksal unbarmherzig zu. Seine, über alles geliebte, Rose erkrankte schwer an einem unbekannten Virus, der sie ihm innerhalb von zwei Wochen nahm. Nach der Beerdigung verkaufte er die Farm, packte seine Habe, und verließ mit Jasper – seinem Hund - und Molly – Roses Katze – das Land in dem er vierzig Jahre glücklich war.

Er fuhr zurück nach England. Zurück in das kleine Dorf oben auf den Klippen am Meer.

Nun saß er hier, alleine in seinem kleinen Cottage oberhalb der Klippen und hörte das grollende Brausen der Wellen, die wütend an die Klippen schlugen.

Etwas schwerfällig erhob er sich aus seinem Sessel am Kamin und legte noch zwei Scheite nach. Dabei warf er einen Blick auf die Kaminuhr, die auf kurz vor fünf stand. „Komm Jasper, wir machen unseren kleinen Abendspaziergang".

Jasper war ein großer und schon sehr betagter irischer Wolfshund, der – in Hundejahren - dem Alter nach seinem Herrchen nichts nachstand. Beide waren sie zusammen alt geworden und beide plagten sie die gleichen, altersbedingten Zipperlein.

Langsam kämpfte auch Jasper sich auf seine langen Beine, wobei Molly, die ebenfalls schon in die Jahre gekommene graue Angorakatze, von seinem Rücken rollte. Unwillig maunzend purzelte Molly auf ihre Beine, wobei sie Jasper und John mit einem vorwurfsvollen Blick bedachte.

Schmunzelnd betrachtete John seine langjährigen Weggefährten und ging in Diele um sich Stiefel und Jacke anzuziehen.

Es war still in dem kleinen Haus am Meer als sich John und Jasper auf den Weg zum Rand der Klippen machten. Ein kalter Nordwestwind fegte über das Land, doch die beiden alten Freunde kannten ihren Weg, den sie seit fünf Jahren täglich dreimal zurücklegten. Molly begleitete sie, wie immer, bis zur Mauer am Tor und würde dort bis zu ihrer Rückkehr warten.

Leicht außer Atem erreichte Mary das kleine Cottage. „Hat der alte Zausel wieder mal alle Lichter ausgemacht" schimpfte sie leise vor sich hin und kramte in einem voluminösen Einkaufskorb nach dem Schlüssel.

Voll bepackt mit Einkäufen stemmte sie sich gegen die Tür, die beim Öffnen krachend gegen die Hauswand knallte. Im dunklen Hausflur, nach dem Lichtschalter tastend, fluchte sie weiter vor sich hin: „er weiß genau, dass ich jeden Tag um die gleiche Zeit komme, aber nein, er muss alles verriegeln und verrammeln. Als ob es hier schon jemals einen Einbruch gegeben hätte oder gar was zu holen wäre...". Wütend knallte Mary die Einkäufe auf die Anrichte in der Küche.

Langsam schälte sie sich aus Mantel und Schal und zog ihre Küchenschürze über das graue Tweed Kleid.

Seit fünf Jahren kam sie nun täglich und kochte und putze für ihren Schwager. Ihr toller Schwager John, der damals, vor vierzig Jahren, in einer Nacht-und-Nebel-Aktion mit ihrer Zwillingsschwester Rose verschwand und dann, vor fünf Jahren, alleine, mit Hund und Katze, wieder auftauchte.

Noch, als wäre es gestern gewesen, erinnerte sie sich an den Tag als er vor ihrer Tür stand. Ein alter Mann war er geworden, mit einem traurigen Gesicht und wackligen Beinen. Nicht mehr der stattliche Mann mit dem schwarzen Haar und den funkelnden Augen, in den sie sich damals insgeheim sofort verliebt hatte.

Und als er ihr dann von Rose erzählte und von den vergangenen vierzig Jahren, wandelte sich die über die Jahre angesammelte Bitterkeit über den Verrat ihrer Schwester in Hass. Ein feuriger Hass und eine Wut wuchsen in ihr heran. Diese beidem Menschen waren Schuld daran, dass sie niemals glücklich geworden war.

Niemals hatte sie die Liebe kennen gelernt und das Leben als Hausdame auf der Burg war nie einfach. Der Lord war ein herrischer Mensch gewesen und hielt sie stets an, ein hartes Regiment unter den Bediensteten zu führen.

Leider hatte dies auch dazu geführt, dass sie keine Freunde hatte und ihre Einsamkeit sie zu einer verbitterten und herrschsüchtigen Frau werden ließ.

Nun, da war er nun. Und anfänglich dachte sie noch, dass er doch irgendwann in ihr mehr sehen würde als nur die Schwägerin und treusorgende Seele. Sie hoffte auf ein spätes Glück, aber die jahrelange Verbitterung ließ es nicht zu, dass sie Freude, Güte und Liebe ausstrahlen konnte.

Die Menschen in ihrer Umgebung gingen ihr aus dem Weg. Auch John, er bezahlte sie wirklich großzügig Woche für Woche, dankte ihr jedoch immer nur mit einem Händedruck für die Hilfe im Haushalt.

Und so stiegen Verbitterung und Hass in ihr weiter. Immer öfter musste sie daran denken, dass er ihr die Schwester, engste Freundin und Vertraute genommen hatte, damals vor vierzig Jahren. Alleine hatten John und Rose sie zurück gelassen.

Was hatten sie als junge Mädchen für Pläne. Einen Tearoom wollten sie eröffnen, die eineiigen Zwillinge, Rose Mary und Mary-Rose Stutterton. Niemand und nichts sollte sie jemals trennen.

Warum nur waren sie auch damals nach Wickingshire zum alljährlichen Gänsemarkt gefahren? Beim Aussteigen aus dem Bus stolperte Rose in die Arme dieses großen, starken und gutaussehenden Mannes und zwei Tage später war sie verschwunden. Ohne ein Wort des Abschieds.

John hatte ihr kurz nach seiner Rückkehr versucht zu erklären, warum sie damals so plötzlich das Land verlassen hatten. Dass Rose Angst gehabt hatte, Mary würde sie nicht gehen lassen. Zu gut kannte Rose ihre Schwester, deren manchmal barsches und aufbrausendes Wesen. Also ging sie mit John, ohne Abschied zu nehmen.

Während Mary weiter vor sich hin sinnierte und ihr Elend beklagte, schaute sie nach der Gans, die nun schon fast vier Stunden in dem altersschwachen Ofen verbrachte und eigentlich fertig sein sollte. „Verdammt", schimpfte sie laut. Dieser verflixte alte Gasofen, der noch mit Gasflaschen betrieben werden musste und ständig waren die Dichtungen oder Schläuche irgendwo defekt. Es war ein Wunder, dass das alte Ding noch nicht in die Luft geflogen war.

Irgendwann, während sie im Dorf unterwegs war um die Einkäufe zu erledigen, hatte die Gasflasche ihren Geist aufgegeben und nun musste sie sich auch noch abschleppen und eine neue Flasche anschließen, nur damit der gnädige Herr heute Abend sein Rose-Gedächtnisessen bekam, denn heute jährte sich Roses Todestag.

Als das Thema Gasflasche erledigt war und die Gans wieder munter vor sich hin brutzelte, bereitete Mary die Beilagen zu und deckte den Tisch in der warmen und gemütlichen Küche. Es duftete köstlich nach Gänsebraten und Gewürzen.

Langsam trank Mary ein Glas von dem Rotwein, den sie für das Festessen geöffnet hatte und schaute nachdenklich auf den alten und nur bedingt funktionstüchtigen Gasherd.

Mit entschlossenem Gesicht und einem merkwürdigen Glitzern in den Augen machte sie sich an die Vorbereitungen.

Schon von weitem sah John die hell erleuchteten Fenster seines kleinen Hauses. Mary war also schon von ihren Einkäufen zurück und wohl voll mit den Vorbereitungen für das Essen beschäftigt.

Unwillkürlich verlangsamten sich seine Schritte. Er wusste, dass Mary mit diesem Gedenkessen an Rose nicht einverstanden war und es nur widerwillig zubereitete.

In Gedanken konnte er ihr Schimpfen hören und das laute Klappern der Töpfe und des Geschirrs.

Ein plötzlicher Ruck ging durch seinen Körper und er hörte sich zu Jasper sagen: „Ich bin der Herr in diesem Haus, sie ist zwar meine Schwägerin und hilft mir, aber schließlich entlohne ich sie ja auch mehr als großzügig dafür. Und heute werde ich es ihr sagen, dass ich das ewige Genörgel und die Vorhaltungen leid bin und sie nicht mehr zu kommen braucht."

Jasper schaute seinen Herrn mit weisen Augen an und John wusste, er stimmte ihm zu.

Sicher war er, John, anfangs sehr froh gewesen, dass Mary da war und sich um das Haus und sein leibliches Wohl kümmerte. Die anfänglichen Annäherungsversuche Marys ignorierte er kommentarlos und nach einiger Zeit verließ er das Haus und ging mit Jasper auf den Klippen spazieren, wenn er Mary das Haus betreten hörte.

Entschlossen lenkte er seine Schritte wieder auf das Häuschen zu. Zuhause angekommen, entledigte er sich seiner schmutzigen und nassen Stiefel, dem klammen Dufflecoat und begab sich in das gemütliche Wohnzimmer um den Kamin neu zu schüren.

Nach dem Essen wollte er hier noch eine Zigarre genießen und den Abend mit liebevollen Gedanken an seine Rose ausklingen lassen.

Zum Wärmen schenkte er sich einen kleinen Single Malt ein und schaute lächelnd auf seine zwei treuen Hausgenossen.

In voller Größe hatte Jasper sich vor dem Kamin niedergelassen und Molly schmiegte sich zwischen seine Vorderpfoten und war kaum zu erkennen.

Jäh wurde diese harmonische Stimmung durch Marys laute und schrille Stimme unterbrochen: „John, das Essen steht auf dem Tisch und ich gehe jetzt. Ich wünsche Dir einen traurigen Abend."

Dieser unmissverständlichen Mitteilung folgte ein lauter Knall als die Haustür ins Schloss fiel.

Erschrocken zuckte John zusammen und begab sich langsam auf den Weg zur Küche.

Beim Betreten der Küche sah John erstaunt auf den gedeckten Tisch. Ein silberner Kerzenleuchter schmückte diesen, eine schöne rote Kerze und eine Packung Streichhölzer lagen daneben. Die Gans und die Beilagen waren auf einer silbernen Platte angerichtet. Eine Flasche Wein war geöffnet und stand neben dem Teller. Auch einen Kristallaschenbecher hatte Mary bereitgestellt und die Kiste mit seinen Zigarren in Reichweite.

Da die Küchentür immer geschlossen blieb, war es noch heimelig warm im Raum, obwohl der Herd nicht mehr in Betrieb war.

Bedächtig und sorgfältig tranchierte sich John eine Keule aus der Gans und legte ein paar Kartoffelstücke und etwas Gemüse dazu auf seinen Teller. Dann goss er sich ein Glas Rotwein ein und fing an langsam zu essen.

Er dachte darüber nach, wie er es Mary morgen sagen sollte, dass er sie nicht mehr um sich haben konnte, sie nicht mehr in seinem Haus haben wollte.

Die rechten Worte allerdings kamen ihm noch nicht in den Sinn. Aber darüber konnte er die ganze Nacht auch noch nachdenken. Prost, geliebte Rose – und in Gedanken stieß er mit ihr an.

7

Nachdem Mary das Haus verlassen hatte, wandte sie sich heute Abend nicht den Weg hinunter zum Dorf. Nein, sie eilte Richtung Klippen, ein zufriedenes Lächeln auf den Lippen.

Das Brausen und Toben der Wellen gegen die Felsen sagte ihr, dass es nicht mehr weit war bis zu ihrem Ziel.

In dieses Toben und Brausen mischte sich ein lauter Knall. Langsam drehte sich Mary um und sah ein großes, hell loderndes Feuer, wo vorher das kleine Cottage gestanden hatte.

„Das war deine letzte Zigarre, John" murmelte sie und eilte weiter. Noch zwei Schritte und sie verschwand, mit weit ausgebreiteten Armen, über dem Klippenrand in der Tiefe.

E N D E

Überleitung zur dritten Geschichte

Langsam packte Maggie das Manuskript in den großen Umschlag des Kurierpost-Service. Nahezu sechs Wochen hatte sie dafür gebraucht und wenn Lionel, ihr Verleger nicht immer wieder Druck ausgeübt hätte, dann wäre sie wohl immer noch irgendwo zwischen Gänsebraten und Klippen gefangen.

„Nun, Mr. Churchill, was fangen wir nun an?" Maggie sprach mit ihrem Kater wie mit einem Menschen und manchmal konnte man fast denken, dass er sie ganz genau verstand.

Maggie sah aus dem Fenster und als glühend roter Feuerball versank die Sonne am Horizont in den Wogen der graublauen See.

„Mr. Churchill, zur Feier des Tages gehe ich heute aus!" Der Kater schaute Maggie mit seinen großen

Augen nur völlig ausdruckslos an, machte kehrt und verschwand durch die Katzenklappe in der Verandatür nach draußen.

In der Tageszeitung hatte Maggie vor einigen Tagen über die Neueröffnung eines italienischen Restaurants gelesen. Dieses wollte sie heute Abend aufsuchen und sich ein leckeres Essen und eventuell eine Flasche Barolo dazu gönnen.

Leise summend machte sie sich ausgehfein und beschloss den kurzen Weg zu Fuß zu gehen.

Flackernder Kerzenschein schien traulich und warm durch die kleinen Fenster nach draußen auf die Straße. Schon beim Betreten des Lokals schlug Maggie ein anheimelnder Duft von gebratenem Knoblauch, frisch gebackenem Brot und Fisch entgegen.

Sie spürte wie ihr Magen anfing fordernd zu grummeln.

„Buon giorno Signora", freundlich wurde Maggie von einem ausnehmend gut aussehenden jungen Mann an einen Tisch geleitet.

Dort überreichte ihr der Kellner eine Weinkarte und eine kleine Speisekarte. Lächelnd wählte Maggie eine halbe Flasche Barolo und eine Flasche Wasser. Dazu bestellte sie - als Vorspeise einen warmen Hummersalat und zum Hauptgang die gegrillte Seezunge mit frischen Kräutern.

Entspannt genoss Maggie den großartigen Wein, wartete auf die bestellten Gerichte und schaute sie sich um.

Das Lokal war gemütlich eingerichtet, viel dunkles Holz, rot-weiß karierte Tischdecken und Kerzen auf den Tischen luden zum Verweilen ein. Aus der Küche drangen köstliche Düfte in den Gastraum und der Kellner war eine Augenweide.

Eine warme Atmosphäre umgab Maggie, die mittlerweile ihre hervorragende Vorspeise genoss.

Und als der wirklich sehr aufmerksame Kellner die Hauptspeise servierte, kam ihr die Idee für eine weitere Geschichte …

DU bist tot oder Insalata mortale!

von P. G. Groeger

Die Personen

Lorenzo Mantoni – cholerischer Restaurantbesitzer

Anna Mantoni – seine Frau und gelernte Köchin

Lena Feller - Küchenhilfe

Giulio Battista – attraktiver Oberkellner

1

Es war später Nachmittag und im Ristorante „Stella Filante" war Anna Mantoni gerade dabei die Tische für den Abend einzudecken.

Mit viel Liebe arrangierte sie die im Kerzenlicht funkelnden Gläser und das Silberbesteck auf den kleinen Tischen. Die blendend weißen Stoff-Servietten faltete sie zu kleinen Kunstwerken. Und ein Glas, mit einer in Wasser schwimmenden Oleanderblüte, vervollständigte ihr Werk.

Das Stella Filante ist ein kleines, sehr gemütliches Ristorante, eingerichtet im typisch italienischen Stil, dunkles Holz, rotweißkarierte Tischdecken und Kerzen in dicken Chianti Flaschen.

Grünpflanzen und Korbwaren vervollständigten das warme Ambiente des Gastraumes.

Ein leichter Duft von Knoblauch und mediterranen Gewürzen in der Luft macht Appetit und lud zum Verweilen ein.

Anna Mantoni liebte diese Stunden in denen sie die Ruhe genoss und ihrer Kreativität freien Lauf lassen konnte.

Sie war eine zierliche, kleine Frau mit langen, dunklen Haaren, die sie stets zu einem Knoten im Nacken geschlungen trug. Ihre großen, braunen Augen blickten leicht verträumt und immer etwas traurig. Dabei war Anna im Grunde ihres Herzens eine fröhliche Frau, zumindest war sie das bis vor ihrer Heirat vor 15 Jahren.

Leise seufzte sie und dachte an die wunderbaren ersten Jahre mit Lorenzo zurück. Wie strahlend und aufmerksam er war als er um sie warb. Keine Anstrengung war ihm zu viel um sie zu erobern.

Und nachdem sie ihre Ausbildung zur Köchin beendet hatte gab sie ihm ihr Jawort, in Erwartung auf

eine wundervolle, gemeinsame Zukunft und ein Leben voller Liebe und Lachen. Kinder wollten sie haben, viele Kinder. Doch dieser Wunsch wurde ihnen
nicht erfüllt und nun waren sie beide Mitte vierzig
und das Thema war abgehakt.

Außerdem wusste sie schon seit langem, dass sich ihr
Göttergatte gerne und ausgiebig seinen Vergnügungen widmete und es mit der ehelichen Treue schon
lange vorbei war. Eigentlich war sie auch nur noch
hier, weil sie das Ristorante so liebte. Seinerzeit war
sie es, die den Namen ausgesucht hatte und dem Lorenzo damals noch begeistert zugestimmt hatte.

Und wo sollte sie auch hin? Alles gehörte rechtlich
Lorenzo, sogar die Kleider die sie trug. Anna war fi-
nanziell völlig abhängig von ihrem Mann, obwohl sie
täglich von morgens bis spät abends im Ristorante
war, neue Gerichte kreierte, die Buchhaltung erle-

digte und sich um die Reinlichkeit und Gemütlichkeit kümmerte. Um jeden Cent musste sie fast betteln und Rechenschaft über jede Ausgabe ablegen. Und nicht immer gingen diese Diskussionen friedlich aus.

Ihre Selbstbestätigung und Durchhaltevermögen holte sie sich aus den vielen, positiven Einträgen, die im Gästebuch verzeichnet waren. Annas Kochkunst war beliebt und gefragt. Nicht nur aus dem Ort kamen viele Gäste, nein auch aus der näheren und weiteren Umgebung kamen vermehrt Anfragen für Tischreservierungen.

3

Im Laufe der Jahre allerdings beschimpfte Lorenzo sie immer öfter und immer heftiger wurden ihre Auseinandersetzungen. Mittlerweile war er der festen Überzeugung, dass dieser lächerliche Name für sein Restaurant schuld daran war, dass man immer noch keinen Stern hatte.

Seiner Meinung nach war dieser Name ein schlechtes Omen, Sternschnuppen fliegen vorbei und verglühen.

Einen Sternekoch wollte er engagieren und nicht weiterhin so eine Dilettantin wie sie, seine Frau, die Küche führen lassen.

Lorenzo hat sich in den letzten Jahren sehr verändert. Aus dem strahlend schönen Mann, war ein herrschsüchtiger, unzufriedener Mensch geworden.

Sein ehemals volles schwarzes Haar hat sich zu einem kleinen, schwarzen Kranz verflüchtigt und Zornesfalten zieren die einst stolze Stirn. Sein sportlicher Körper hat im Laufe der Jahre die Form eines Weinfasses angenommen, was ihm Atemnot und Kreislaufbeschwerden beschert hat und ihm selbst den täglichen Blick in den Spiegel vergällt. Lorenzo war mit sich und der Welt nicht mehr zufrieden.

Auch seine Frau schaute ihn kaum noch an und wenn, dann nur noch mit einem ängstlichen, nach unten gesenkten Blick, stets schien sie vor ihm auf der Flucht zu sein. Das Einzige was ihm stets Freude bereitete waren die Weinproben.

Alle drei Monate fährt Lorenzo für einige Tage ins Friaul zu Antonio, einem befreundeten Weinhändler und lässt es sich dort gut gehen.

Keine Anna mit ihrem Schafsblick, kein Ristorante mit lächerlichem Namen, keine Einkäufe, keine Verantwortung. Nur gutes Essen, sein Freund Antonio mit seinen wunderbaren Weinen und die kleine Antonella.

Süße siebzehn Jahre alt und heiß wie der Teufel brachte sie ihn jedes Mal fast um den Verstand und nicht wenige Male stand er beinahe kurz vor einen Herzstillstand. Kurz gesagt, Lorenzo genoss seine Auszeiten ohne Reue und Rücksichten.

Er war sich zwar fast sicher, dass Anna von seinen außerehelichen Vergnügungen wusste. Es war ihm aber egal. Er war der Herr im Haus und seiner Meinung nach verdiente er sich diese Auszeiten. Und wem es nicht passte, der konnte ja gehen.

Lorenzo hatte sich zu einem Despoten entwickelt, der keine andere Meinung als seine eigene gelten ließ. Seine cholerischen Anfälle waren allseits bekannt. Wegen der kleinsten Kleinigkeit konnte er dermaßen ausrasten, dass man am besten das Weite suchte.

Leise tuschelten die Leute schon, dass ihn wohl eines Tages der Schlag treffen würde.

4

In der Küche des Stella Filante war Lena, die Küchen-hilfe, gerade dabei die verschiedenen Salate und An-tipasti für das Buffet am Abend vorzubereiten. Sie konnte dabei aus dem Fenster auf die Felder hinter dem Haus schauen und sah fasziniert die Sonne am Horizont untergehen. Der Himmel leuchtete in den schönsten gold-rot-orange Tönen die die Natur zu bieten hatte.

Lena ist eine stille und zurückhaltende Frau, die ein wenig in ihrer eigenen Welt lebt. Sie tut was man ihr sagt und wenn die Arbeit getan ist, dann geht sie nachhause.

Lena lebt zwei Straßen entfernt vom Ristorante, allein in einer kleinen Zweizimmerwohnung unterm Dach.

Ein kleiner Balkon ist ihr ganzer Stolz. Hier blüht und grünt es fast das ganze Jahr über und die Oleanderbüsche sind in diesem Jahr besonders schön mit ihren vollen, großen, roten und weißen Blüten.

Hier, inmitten ihrer kleinen, grünen Oase verbringt Lena ihre Abende und ihre Freizeit. Lena hat wenig Freunde und geht selten aus, aber sie liebt ihre Arbeit und ist dankbar, dass Anna Mantoni ihr die Chance – vor fünf Jahren – gab, im Ristorante mitarbeiten zu dürfen.

Es macht ihr nichts aus allein zu sein, sie ist zufrieden mit ihrem Leben und wünscht sich keine Veränderung.

Mit ihrer Chefin, Anna, und dem Oberkellner Giulio kommt sie sehr gut zurecht. Nur das aufbrausende Wesen des Chefs macht ihr von Zeit zu Zeit Angst und mehr als einmal dachte sie nur wie schön es wäre, wenn dieser böse Mann nicht mehr da wäre.

Wenn Lena an Giulio dachte, dann huschte stets ein leises Lächeln über ihre Lippen. Giulio, mit seinen wunderschönen blauen Augen und den stets ein wenig verwuschelten Haaren.

Immer hatte er ein nettes Wort für sie und ab und zu brachte er ihr eine Kleinigkeit mit. Mal Schokolade oder eine kleine Topfpflanze für ihren Balkon.

Giulio arbeitete schon im Ristorante bevor Lena dort anfing. Er ist ein stets fröhlicher Mensch und die Gäste lieben seine charmante und zuvorkommende Art. Ansonsten wusste Lena nichts über ihn, er kam meist eine halbe Stunde vor Dienstbeginn – so gegen siebzehn Uhr – und verließ jeden Tag um kurz nach Mitternacht mit einem lauten „Ciao Bella" das Lokal.

Giulio war der einzige Mensch, den Lorenzo in Ruhe ließ. Und das aus gutem Grund. Nach einem seiner heftigen Ausraster, in dem er Giulio fast mit einem Weinglas getroffen hatte, welches er voller Zorn nach ihm geworfen hatte, hatte dieser ohne ein Wort seine Schürze abgelegt und das Lokal verlassen.

Als er nach drei Wochen immer noch nicht wieder aufgetaucht war und die Gäste schon mehrfach nach Giulio gefragt hatten, gab er klein bei und holte diesen zurück.

Was zwischen beiden Männer gesprochen worden war, wurde nie bekannt. Giulio war wieder da und Lorenzo beachtete ihn nicht weiter.

6

Während Lena also mit den Salaten und Antipasti beschäftigt war, gesellte Anna sich zu ihr in die Küche und begann damit das Hauptgericht für den Abend vorzubereiten. Spanferkel und eine Lammkeule, frisch aus dem Ofen, sollten heute auf der Karte stehen.

Beide Frauen arbeiteten still vor sich hin und es herrschte eine angenehme Atmosphäre in der kleinen Küche.

Schon nach einiger Zeit zog ein herrlicher Duft nach Kräutern und bratendem Fleisch durch die Küche und in das Lokal. Lena war gerade dabei die hausgemachten Nudeln – Tagliatelle, in den Farben rot, schwarz und grün - durch die Nudelmaschine zu drehen als sie ein lauter Knall zusammen fahren ließ.

Das war die Eingangstür des Ristorante. Und nur einer ließ die Tür mit solcher Wucht zuknallen, der Chef, Lorenzo.

Und da schoss er auch schon durch die Küchentür. Der Kopf war feuerrot und die Zornesader dick hervor getreten und pulsierend. Mit hocherhobenen Armen und wild gestikulierend schrie er Anna an: „Du Idiotin, zu nichts bist du zu gebrauchen. Wie oft habe ich dir schon gesagt, dass ab achtzehn Uhr die Außenbeleuchtung an zu sein hat? Muss ich mich denn hier um alles kümmern?"

Völlig außer sich riss er die Pfanne, die Anna gerade für die Crostini auf den Herd gestellt hatte, an sich und feuerte diese, voller Wut, in ihre Richtung.

Nur knapp entging Anna der heißen Pfanne, die auf der Anrichte landete und dort einen Stapel Teller in tausend Stücke zerspringen ließ.

Lena stand wie erstarrt an der Nudelmaschine und konnte kaum glauben was sie hören und sehen musste. So unbeherrscht hatte sie Lorenzo noch nie erlebt.

Auch Anna war völlig fassungslos und schaute ihren Mann nur ungläubig an. Ein Blick zur Uhr hatte ihr gezeigt, dass es doch erst siebzehn Uhr war. Lorenzo sah ihren Blick zur Uhr, und schaute ebenfalls nach oben an die Wand. Was er sah, machte ihn allerdings nur noch wütender. Also tobte er weiter. Er war völlig außer sich – dass die Uhr allerdings erst siebzehn anzeigt, ignorierte er völlig - niemals hätte er einen Fehler zugegeben.

Nachdem der Stapel Teller zersprungen war, wischte er, vor Wut darüber, noch ein Tablett mit frisch polierten Weingläsern vom Tisch hinterher und brüllte: „Ich habe Hunger, macht mir was zu Essen. Und zwar subito, ich muss wieder weg. Zu was anderem seid ihr nicht zu gebrauchen. Unnützes Weibsvolk!"

Mit diesen letzten Worten stapfte Lorenzo aus der Küche in den Gastraum, wo er sich mit einer Flasche Rotwein an einem der kleinen Tische niederließ.

Während Lorenzos Wutausbruchs war Lena durch die Hintertür in den Garten geflüchtet. Hier wartete sie zwischen Annas wundervoll duftenden Oleanderbüschen darauf, dass Lorenzo aufhören würde zu schreien und toben. Nach einigen Minuten war nichts mehr zu hören und leise betrat sie wieder die Küche.

7

Anna schaute sie mit Tränen in den Augen an und sagte nur: „Mach ihm bitte seinen Insalata verde, mit viel Knoblauch und Zwiebeln, ich kümmere mich um das Fleisch und die Pasta."

Während ihrer Worte fiel ihr Blick dabei auf Lenas Hände. Dies hielten einige dunkelgrüne, lange, spitze Blätter zwischen den Fingern.

Ein Blitz des Erkennens zuckte durch ihr Gehirn und ein schmerzliches Lächeln zeigte sich auf ihren Lippen.

Ohne ein Wort zu sagen drehte sie sich zum Ofen um und begann ein Stück Fleisch von einem der Spanferkel abzuschneiden und eine Handvoll Nudeln in den Topf mit kochendem Wasser zu werfen.

Lena richtete einen Salatteller an und brachte ihn zu Lorenzo an den Tisch. Ohne ein Wort des Dankes machte dieser sich, mit Appetit, darüber her. Der leicht bittere Geschmack fiel ihm in seiner Gier nicht auf. Vielleicht auch, weil Lena dem Dressing heute einen Löffel Honig mehr beigemischt hatte.

Als Lena wieder zurück in der Küche war, sah sie, dass keines der dunkelgrünen, spitzen Blätter, die sie aus dem Garten mitgebracht hatte, mehr da war. Eigentlich sollten auf dem Hackbrett noch fünf oder sechs davon liegen?

Dass Anna die Soße nicht wie üblich durch ein Sieb passierte, sondern, mit dem Zauberstab pürierte, nahm sie nur unterbewusst wahr. Sie produzierte weiter ihre Tagliatelle für den abendlichen Betrieb.

Wortlos arrangierte Anna einen Teller mit reichlich Fleisch, Nudeln und extra viel Soße und trug ihn raus zu Lorenzo.

Während Lorenzo es sich schmecken ließ, standen die beiden Frauen in der Küche und schauten sich in stillschweigendem Einverständnis an. Lena nahm wortlos den Topf mit der Bratensoße vom Herd und entsorgte diese im Ausguss. Anna öffnete eine Flasche leichten Weißwein und schenkte zwei Gläser ein. „Grazie Lena, Grazie Mille."

8

In die ruhige Zweisamkeit tönte nach einiger Zeit plötzlich Lorenzos lautes Organ – „Anna, komm sofort hierher und hilf mir." Umgehend stellte Anna ihr Weinglas zur Seite, strich im Vorübergehen sanft über Lenas Arm und eilte in den Gastraum.

Mit verkrümmtem Oberkörper, hochrotem Gesicht und einer mit Schweißperlen übersäten Stirn saß Lorenzo am Tisch. Die Teller standen blitzblank auf dem Tisch vor ihm.

„Los Weib, hilf mir, mir geht es nicht gut. Ich muss mich eine Weile hinlegen." Wortlos, half Anna Lorenzo die Treppe hinauf, in die gemeinsame Wohnung, und brachte ihn dort zu Bett. „Soll ich Dir noch einen Kamillentee bringen?" „Nein, blöde Nuss, bring mir einen großen Grappa und dann lass mich zwei Stunden schlafen. Ich komme wieder runter, wenn ich mich wieder besser fühle."

Anna brachte ihm ein großes Glas Grappa und schloss im Hinausgehen die Schlafzimmertür.

In den nächsten Stunden hatten Sie und ihr Oberkellner, der schöne Giulio, kaum eine ruhige Minute. Alle Tische waren ständig besetzt und die Zeit bis Feierabend verflog im Nu.

Erst als Giulio mit der Abrechnung kam, fiel ihm auf, dass der Chef den ganzen Abend nicht zu sehen gewesen war.

„Anna, ist Lorenzo nicht da? „Ach ja, Lorenzo" erwiderte Anna. „Es ging ihm heute Mittag nicht sehr gut und er wollte sich einige Stunden hinlegen. Allerdings sollte er schon längst wieder unten sein? Würde es Dir etwas ausmachen nach ihm zu sehen?

Ich kümmere mich noch schnell um die Abrechnung und schließe ab, dann kann er deswegen nicht mit uns schimpfen."

Mit einem liebevollen Blick auf Anna erhob sich Giulio und ging hinauf in die Wohnung seines Chefs. Anna beschäftigte sich weiter mit der Abrechnung und hatte diese dann auch schnell fertig gestellt.

Verwundert schaute sie auf die Uhr und stellte fest, dass Giulio nun schon fast eine halbe Stunde weg war. Sorgsam packte sie die Tageseinnahmen und die Abrechnung in die dafür vorgesehene Tasche, löschte die Lichter und ging langsam die Treppe zur Wohnung hinauf.

Oben war kein Laut zu hören. Vorsichtig öffnete sie die Tür zum Schlafzimmer und sah, wie Giulio die Kopfkissen unter Lorenzo Haupt zurecht rückte.

„Giulio" sagte Anna leise „Was ist hier los?" „Anna, ach Anna, ich glaube Lorenzo lebt nicht mehr?!" „So wie es aussieht, hat ihn wohl im Schlaf der Schlag getroffen."

Ernst schaute Anna Giulio in die Augen und sagte nur „Dann werde ich mal Doktor Schwenkle anrufen. Er war auch sein Arzt und kannte ihn bzw. seine Gesundheit besser als jeder andere von uns."

Doktor Schwenkle, der langjährige Hausarzt von Anna und Lorenzo kannte Lorenzos Krankengeschichte über die letzten 15 Jahre.

Er hatte miterlebt, wie dieser stets alle gut gemeinten Ratschläge ignoriert hatte und seine Herz- und Kreislauf-Beschwerden nicht ernst nahm.

Aber auch Anna war in den vergangenen Jahren oft bei ihm in der Praxis. Mal war es ein Armbruch oder eine angeknackste Rippe, schmerzhafte Hämatome am ganzen Körper, ein blaues Auge. Aber nie kam eine Klage oder ein Hilferuf von ihr, immer waren es Unfälle im Haushalt oder ihre Ungeschicklichkeit. Er machte sich also seinen Reim darauf und half immer so gut er konnte.

Nach Annas Anruf machte er sich also sofort auf den Weg zu den Mantonis.

Sorgfältig nahm er den leblosen Körpers seines Patienten Lorenzo Mantoni in Augenschein. Anna und Giulio standen dabei und sahen wortlos zu.

Nach langen zwanzig Minuten entledigte sich Doktor Schwenkle seiner sterilen Handschuhe, drehte sich zu den beiden um und sagte: „Anna, mein herzliches Beileid. So wie es aussieht hat Lorenzo im Schlaf einen Herzanfall erlitten. Bei seinem unvernünftigen Lebenswandel war dies auch nur eine Frage der Zeit."

Anna nickte nur und verließ leise schluchzend den Raum.

Giulio nahm Doktor Schwenkle am Arm „Dottore, lassen sie uns nach unten gehen und noch ein Glas Wein trinken." „Gerne Giulio, dann kann ich auch Anna gleich den Totenschein ausstellen und ihr die

Adresse des örtlichen Bestatters aufschreiben, der ein guter Freund von mir ist. Auch werde ich selbst, gleich morgen früh, mit ihm sprechen. Eine kurzfristige Feuerbestattung sollte in diesem Fall kein Problem sein."

Drei Tage später stand fast die gesamte Bevölkerung des Dorfes an Annas Seite und wohnte der Urnenbeisetzung Lorenzos bei. Antonio war aus dem Friaul angereist, hatte aber pietätvoller Weise die fesche Antonella nicht im Gepäck.

Es war eine schöne Feier. Und sie hätte sicherlich ganz und gar nicht Lorenzos Beifall gefunden. Anna ließ alles aufbieten, was Keller und Küche zu bieten hatten und ein leichtes Lächeln ließ ihr Gesicht aufleuchten, wie es in den letzten Jahren keiner der Anwesenden jemals erblickt hatte.

ENDE

Zeitfracht Medien GmbH
Ferdinand-Jühlke-Straße 7
99095 Erfurt, Deutschland
produktsicherheit@kolibri360.de